PALAIS
de St Cloud
SPECTACLE DE LA COUR
Représentation du 16 8bre 1844
Faute d'Intérieur
Lith de Thierry Frères Succr de Engelmann

FAUTE DE S'ENTENDRE,

COMÉDIE EN UN ACTE ET EN PROSE,

Par M. Charles Duveyrier,

REPRÉSENTÉE POUR LA PREMIÈRE FOIS, A PARIS, SUR LE THÉATRE-FRANÇAIS, LE 16 JUIN 1838.

PERSONNAGES.	ACTEURS.	PERSONNAGES.	ACTEURS.
BEAUPLAN.	M. Samson.	LOUISE, fille de Beauplan. . . .	Mlle Plessy.
BLUM, son commis.	M. Regnier.	UN DOMESTIQUE.	M. Alexandre.
LE BARON DE THORCY. . .	M. Beston.		

La scène est à Marseille.

N. B. Le premier acteur inscrit est, au théâtre, le premier placé à la gauche du spectateur, et ainsi des autres.
Quand il y a des changemens, ils sont indiqués au bas des pages.

Le théâtre représente le cabinet de travail de M. Beauplan ; meubles élégans, bureau à gauche ; à droite, sur l'avant-scène, une petite table, chargée de papiers, posée de façon que celui qui écrit regarde le public ; au fond, porte principale ; à gauche, celle de l'appartement de Louise.

SCENE PREMIERE.

BEAUPLAN, *debout*, BLUM, *assis à la table de droite.*

BEAUPLAN.

Ainsi voilà qui est convenu: aussitôt l'arrivée du commis que l'on m'envoie de Paris... l'*Atalante* quitte Marseille et fait voile pour les grandes Indes. D'ici là, tu auras achevé les instructions détaillées qu'il doit emporter, n'est-ce pas?

BLUM.

Oui, monsieur.

BEAUPLAN.

C'est bien. Maintenant, laisse là tes papiers, j'ai à te parler de choses plus importantes. Il s'agit de moi, de ma fille qui me donne de graves sujets d'inquiétude et de chagrin.

BLUM.

Il serait possible !

BEAUPLAN.

Tu sais quel intérêt j'attache à son établissement? Je n'ai qu'elle d'enfant; c'est mon orgueil, mon idole! Les millions que j'ai amassés, c'est pour elle. Veuf à vingt-cinq ans, si je ne me suis pas remarié, c'est à cause d'elle. Et il y avait quelque mérite à moi, qui avais toujours rêvé les joies intérieures d'une nombreuse famille, l'existence d'un patriarche entouré d'une foule de petits chérubins!... Mais je me disais: Un jour ma fille se mariera; sa famille sera la mienne; j'aimerai ses enfans plus peut-être que je n'aurais fait des miens, et elle ne sera pas jalouse, au contraire, elle m'en aimera davantage.

BLUM.

Ah! c'était d'un bon père.

BEAUPLAN.

Oui, quinze ans de patience! Il serait juste, aujourd'hui que la voilà grande et jolie, de m'en tenir compte. Eh bien! non, on dirait qu'elle a résolu de me faire mourir de chagrin. Elle ne veut pas se marier; c'est un parti pris, et pourquoi? (*en confidence*) parce qu'elle aime quelqu'un! une passion profonde et mystérieuse pour un inconnu qu'elle s'obstine à ne pas nommer. J'ai eu beau lui jurer que je la laissais entièrement libre, que j'approuvais son choix d'avance... rien! je me retournai alors du côté de l'inconnu; je donnai des bals, des concerts; j'invitai tout Marseille, espérant que, dans la foule, il aurait mille occasions de se trahir, que je surprendrais un regard, un signe d'intelligence... rien! un mystère qui tient du roman, sauf que les rôles sont changés. C'est le père ordinairement qui multiplie les obstacles, qui met l'amoureux dehors et ferme toutes les portes... moi, je les ouvre à deux battans, je dis: Qu'il paraisse! je tends les bras et personne ne vient!

BLUM.

C'est fort extraordinaire.

BEAUPLAN.

Bien plus! c'est très-inquiétant; car Louise souffre. Sous cette apparence de gaieté qui l'accompagne partout, j'ai souvent surpris une larme, des soupirs; elle est inquiète, agitée... Pauvre enfant! dans sa position... elle qui n'a jamais connu sa mère! sans guide qui pût l'éclairer sur les premières impressions de son cœur!... Que penser de ce silence? c'est peut-être une épreuve ridicule, romanesque, qu'elle impose à celui qu'elle aime?... Ils sont peut-être brouillés!... Louise a peut-être des idées de grandeur, d'orgueil, qu'elle croit au-dessus de notre position!... elle se trompe; je puis lui faire épouser un prince, si elle le veut!

BLUM, *d'un air incrédule.*

Un prince!

BEAUPLAN.

Oui, Blum! un prince! et ne me contrarie pas sur ce point-là. Je l'ai mis dans ma tête; je ferai, s'il le faut, tous les sacrifices... ah! je ne suis pas de ces pères égoïstes, qui ne voient dans la tendre inclination de leurs enfans qu'un sujet de jalousie et de tristesse; dans un amoureux, qu'un étranger qui vient leur dérober une portion d'un trésor dont ils avaient joui jusque là sans partage. Moi, c'est tout le contraire. Quand je pense qu'il y a dans le monde quelqu'un dont l'amour n'est pas moins nécessaire que le mien au bonheur de ma fille... mais c'est un ami, un enfant de plus que la Providence m'envoie! je sais bien que c'est ridicule de s'attacher aux gens qu'on ne connaît pas... non que je soupçonne celui-là, ma fille l'aime; ce ne peut-être que quelqu'un de très-distingué, beaucoup d'esprit, le meilleur genre!... Mais enfin je ne l'ai jamais vu, je ne sais pas qui il est, et je l'aime pourtant! Oui, Blum, je voudrais le voir là, sa présence me manque, et j'éprouve des momens d'impatience et d'agitation tels, que... je ne dirai cela qu'à toi... eh bien, dans ces bals, je ne peux pas voir maintenant un jeune homme aimable s'approcher d'elle, en recevoir un accueil peut-être insignifiant pour un autre, mais où je crois lire une préférence secrète, je me sens à l'instant pour lui des entrailles de père, je voudrais l'encourager; je le trouve charmant, je me tiens à quatre pour ne pas lui sauter au cou et lui dire: Monsieur, est-ce vous?

BLUM.

O ciel! vous n'y pensez pas!

BEAUPLAN.

Eh bien! oui, c'est déraisonnable, c'est fou; mais j'en suis arrivé là! Que veux-tu? c'est plus fort que moi. De la patience, je n'en jamais eu, même en affaires; les lenteurs me donnent la fièvre, à plus forte raison, quand il s'agit de ce que j'ai de plus cher au monde! enfin je ne peux pas rester plus long-temps dans l'incertitude, et c'est pour en sortir que j'ai songé à toi.

BLUM.

A moi!

BEAUPLAN.

Oui. Il s'agirait de parler à Louise.

BLUM.

Lui parler!

BEAUPLAN.

Dans toute autre circonstance, je me serais fait scrupule de te causer le moindre embarras. Je connais tes goûts, ton caractère modeste, paisible... toujours absorbé dans les mille détails de la maison, c'est à peine si tu es de ce monde. Mais raison de plus; elle sera sans défiance. Et je crois que si tu veux t'y prendre adroitement...

BLUM.

J'aimerais autant ne pas me mêler de cela.

BEAUPLAN.

Tu me refuses!

BLUM.

Non; mais je craindrais qu'une démarche de

ma part n'eût pas le résultat que vous en attendez.

BEAUPLAN.

Et pourquoi? Louise t'aime beaucoup. Depuis
quinze ans tu ne l'as pas quittée ; tu étais son
confident autrefois, son bon ami.

BLUM.

Oui, monsieur, autrefois... elle voulait bien me
donner ce nom ; mais, avec le temps, les choses
ont beaucoup changé.

BEAUPLAN.

Qu'est-ce que j'apprends-là? cette affection
d'enfance...

BLUM.

Je crains de l'avoir entièrement perdue!

BEAUPLAN.

Ah! mon Dieu! et qu'est-ce que tu as fait pour
cela?

BLUM

Rien, et c'est ce qui m'étonne; car je n'ai pas
le plus petit reproche à m'adresser.

BEAUPLAN.

Mais enfin comment cela est-il venu? voyons,
explique-toi!

BLUM.

Eh bien! monsieur, quand j'entrai chez vous,
il y a quinze ans, j'en avais seize, Mlle Louise
était toute petite. Vous devez me rendre cette
justice que je m'attachai tout de suite à elle.
Elle était si gentille, si douce, si raisonnable surtout! quand elle venait et que j'étais occupé, je
lui disais: Ma petite, j'ai de la besogne, va jouer
avec ta bonne Marguerite; et elle s'en allait.
Aussi, le soir, quand le travail était achevé, quel
bonheur de la retrouver! c'est moi qui la menais
promener au bord de la mer. Elle me disait tous
ses petits secrets, tous absolument... jamais de
querelles, ou elles ne duraient guère; faisons la
paix, me disait-elle; je n'avais qu'à tendre la
joue, elle m'embrassait, et c'était fini. Eh bien,
monsieur, en grandissant, un beau jour, tout-à-
coup, sans que rien de ma part le justifiât, elle
prit un air contraint, embarrassé; et, pour la
première fois de sa vie, elle m'appela monsieur
Blum!... ah! ce mot me fit un mal! il était aisé
de voir que son affection pour moi diminuait.

BEAUPLAN.

Quelle idée! les jeunes filles quelquefois cher-
chent à se donner de l'importance...

BLUM.

C'est ce que je me dis : elle veut qu'on la traite
en grande personne? ce n'était pas cela, car à
peine eus-je imité sa réserve, sa froideur, qu'elle
cessa d'être embarrassée. C'est elle qui venait
me chercher sitôt que je me mettais à l'ouvrage,
elle était là, bavardant, bousculant tout, me don-
nant des distractions, au point que vingt fois j'ai
été forcé de recommencer mes écritures.

BEAUPLAN.

Bon! tu es sans pitié pour les vivacités de la
première jeunesse.

BLUM.

Du tout! voilà deux ans que cela dure.

BEAUPLAN.

Deux ans!

BLUM.

Et cela n'a fait qu'augmenter! je ne puis aller
nulle part maintenant sans qu'elle me suive comme
mon ombre : ce sont des disputes sans fin, des
caprices à tout propos; enfin, monsieur, pour
vous en donner un exemple... hier, à l'ouverture
du bal, n'a-t-elle pas eu la fantaisie de me faire
danser la première contredanse avec elle!

BEAUPLAN.

Toi!

BLUM.

Oui, moi, qui n'ai jamais mis un pied devant
l'autre; n'importe, elle l'avait décidé! et comme
je ne voulais pas l'inviter, elle est venue elle-
même me prier tout haut, devant tout le monde,
avec une grande révérence.

BEAUPLAN.

Pauvre garçon! tu as refusé?

BLUM.

Impossible! tous les yeux étaient fixés sur moi,
il a fallu prendre place. Je lui ai dit tout bas :
Mademoiselle, vous serez responsable de ce qui va
arriver. En effet, au premier coup d'archet, je
suis parti; j'allais, je poussais, je marchais sans
savoir où, j'entendais bourdonner à mes oreilles :
Le maladroit! il ne sait pas les figures! Bref, on
n'a pas pu achever la contredanse. Une confusion
abominable! forcé de me cacher, de fuir au milieu des éclats de rire. (*Voyant Beauplan rire
aux éclats.*) Là! vous voilà comme les autres!

BEAUPLAN.

Non, j'ai tort et ma fille aussi.

BLUM.

Ces procédés me sont d'autant plus pénibles que
je m'étais attaché à elle.

BEAUPLAN, *l'observant.*

Ah!

BLUM.

Oui, monsieur, souvent son avenir m'a effrayé:
elle qui promettait de devenir une si bonne petite femme, penser qu'un étranger viendrait un
jour s'emparer d'elle... on voit tant de mariages
qui ne réussissent pas!

BEAUPLAN, *de même.*

Comment?

BLUM.

Ah! ce n'est plus son sort qui m'effraie aujour-
d'hui, c'est celui de son mari. Avec un pareil caractère, quelle existence lui prépare-t-elle? que
deviendra-t-il, le malheureux?

BEAUPLAN.

Blum!

BLUM.

Oui, monsieur: cela ne me regarde pas, mais
vous devez comprendre qu'il n'y a pas mauvaise
volonté de ma part, et que, dans ma position, la
démarche que vous attendiez de moi vous nui-
rait plutôt qu'elle ne vous serait utile.

BEAUPLAN.

Oui, tu as raison; je trouverai un autre moyen, je ne te retiens plus.

BLUM.

Je puis achever ces instructions?

BEAUPLAN.

Parbleu! c'est très-pressé! (*Blum s'assied à la petite table de droite et travaille. Beauplan est sur l'avant-scène.*) Il y a quelquefois dans ce garçon-là un ton de mystère... depuis quinze ans il ne l'a pas quittée... c'est dans ces cœurs discrets, réservés que l'amour exerce tous ses ravages! maintenant que je l'examine, il me semble que je lis dans ses traits les signes de la plus grande passion! mais ma fille... autrefois, il fallait des manières, de la toilette; aujourd'hui ce n'est peut-être plus cela. Allons! il ne faut rien négliger. Ce sont souvent les choses les plus simples qui vous échappent... désormais j'aurai l'œil sur lui!

SCÈNE II.

BEAUPLAN, LOUISE, BLUM, *assis.*

LOUISE, *entr'ouvrant la porte.*

Peut-on entrer?

BEAUPLAN.

Sans doute.

LOUISE, *l'embrassant.*

Oh! papa, la belle chose qu'un navire au moment du départ! ce bruit, ce mouvement sur le pont, ces fleurs et ces rubans suspendus aux cordages! on va sortir l'*Atalante* du port; elle jettera l'ancre en rade, et du balcon nous la verrons mettre à la voile.

BEAUPLAN.

C'est un spectacle que tu as tous les jours; mais un rien suffit pour te distraire. Qu'est-ce que tu tiens là?

LOUISE.

Étourdie! j'allais l'oublier. C'est relatif à ce commis que tu attends aujourd'hui de Paris et qui doit partir avec l'Atalante pour Calcutta. Mme Simiane, cette dame du faubourg Saint-Germain, chez qui ma tante m'a menée au bal cet hiver, me le recommande expressément.

BEAUPLAN.

Ah! elle s'y intéresse?

LOUISE.

Je crois bien, c'est son oncle!

BEAUPLAN.

Son oncle! le commis qu'on m'envoie?

LOUISE, *lui montrant la lettre.*

Sans doute, le baron de Thorcy! vois plutôt!

BEAUPLAN.

Un baron embrasser la carrière du commerce!

LOUISE.

Oui; il paraît qu'il n'est pas plus fier pour cela. Des malheurs de fortune, dit-elle, l'obligent à prendre cette résolution.

BEAUPLAN.

A son âge! un personnage respectable sans doute!

LOUISE.

Je ne l'aurai pas vu, elle ne recevait que des jeunes gens. N'importe, elle a été si bonne pour moi, et l'on s'amusait tant à ses bals! Tu le recevras bien, tu l'aideras de tes conseils?

BEAUPLAN.

Oui

LOUISE, *faisant un pas vers Blum.*

Et monsieur Blum aussi! (*A son père.*) Tiens! il ne répond rien; est-ce qu'il est fâché?

BEAUPLAN.

Il a peut-être droit de l'être. Que viens-je d'apprendre? Comment, hier tu t'es brouillée avec ton bon ami Blum!

BLUM, *de sa place.*

Monsieur Beauplan, je vous en supplie!

BEAUPLAN.

Si fait! je n'entends pas que la discorde habite la maison... ce serait bien le diable, si à trois on ne s'entendait pas! Voyons, tu avais donc à te plaindre de lui?

LOUISE.

Eh bien! M. Blum aussi n'est pas complaisant, il n'a jamais rien d'agréable à vous dire! Hier tous les jeunes gens qui m'entouraient me faisaient des complimens sur cette parure que tu avais fait venir pour moi de Paris et sur laquelle je comptais, parce que les opales cela va bien aux brunes; M. Blum est le seul qui ne s'en soit pas aperçu.

BEAUPLAN, *à part.*

Qu'entends-je?

BLUM, *se levant.*

Par exemple!

BEAUPLAN, *avec intention.*

Quand il ne serait pas galant, le grand mal!

LOUISE.

C'est désagréable! c'est humiliant! il n'y en aurait qu'un, cela décourage les autres.

BLUM, *s'approchant.*

O coquetterie!

BEAUPLAN, *à part.*

Elle veut me donner le change et lui aussi; mais je n'en suis pas la dupe.

BLUM.

D'abord, ce n'est pas exact, j'ai trouvé la parure très-belle.

LOUISE.

Du tout!

BLUM.

Mais j'ai ajouté que, pour moi, j'aimais mieux les cheveux tout unis. Il me semble que l'on peut bien avoir son opinion.

LOUISE.

Mais on n'y met pas de l'entêtement. Je suis venue me placer devant vous, je vous ai dit: Regardez-moi.

BLUM.

Eh bien! j'avais parfaitement vu.

LOUISE.

Du tout, j'étais gentille, tout le monde vous le dira ; il faut donc que vous n'ayez pas regardé !

BLUM, *à Beauplan.*

Si l'on peut dire !...

BEAUPLAN, *s'interposant.*

Tout cela n'explique pas pourquoi tu as été le prier devant tout le monde.

LOUISE.

Pourquoi ne m'invite-t-il pas?

BEAUPLAN.

Mais s'il ne sait pas danser ?

BLUM.

L'événement l'a bien prouvé.

LOUISE.

Alors, il faut apprendre : c'est si désagréable, un jeune homme qui ne peut pas se rendre utile, qui n'est bon à rien.

BLUM

Là ! vous voyez !

BEAUPLAN.

Oui, je vois, je comprends tout. (*A lui-même, pendant que Louise et Blum remontent la scène en se disputant.*) Ils s'aiment! mais Blum qui dissimule d'une manière indigne ; pourquoi ce mystère alors? qu'est-ce qui l'arrête? Ah! mon Dieu, moi qui lui ai parlé d'un prince, dans sa position il ne peut plus rien dire, c'est clair; mais je puis tout réparer. (*Haut*.) Cette dispute n'a pas le sens commun. (*A sa fille.*) Les torts sont de ton côté, ou plutôt, c'est ma faute; j'aurais dû te rappeler plus souvent que Blum a droit à des égards, du respect, et récompenser moi-même des services...

BLUM.

Monsieur, au nom du ciel...

BEAUPLAN.

Tu ne le veux pas, je n'en dirai rien, mais je me les rappelle, ils sont là... et il n'est jamais trop tard pour acquitter une dette sacrée. Blum, approche, donne-moi la main; dès ce moment tu cesses d'être mon commis, tu es mon associé.

LOUISE.

Oh ! que je suis contente !

BLUM.

Moi, monsieur ?

BEAUPLAN.

Oui, toi, depuis dix ans l'appui le plus solide de la maison, l'ami le plus fidèle; je sais que tu es modeste, mais tu l'es trop, il faut savoir ce que l'on vaut.

BLUM, *avec joie.*

Certainement, monsieur, puisque vous l'avez jugé ainsi, je ne puis qu'être fier, heureux...

BEAUPLAN.

Je veux qu'en toutes choses tu t'adresses à moi, te voilà l'égal de ce qu'il y a de mieux à Marseille, et si tu songeais à te marier...

Louise baisse les yeux.

BLUM.

Je n'ai jamais eu cette idée-là.

* Louise, Beauplan, Blum.

BEAUPLAN.

Les idées t'arrivent lentement; tu verras, tu réfléchiras.

BLUM.

Non, je ne le pense pas.

BEAUPLAN.

Je ne dis pas aujourd'hui, mais demain, après, le plus tôt possible enfin.

BLUM, *à part*

Allons, il va avoir la rage de me marier aussi, maintenant.

BEAUPLAN.

Certainement, je ne vois aucun parti auquel tu ne puisses prétendre. (*A part.*) Il me semble que je m'explique clairement.

LE DOMESTIQUE, *entrant.*

On demande M. Blum sur le port !

Il lui remet un papier.

BLUM, *y jetant les yeux.*

C'est l'état des marchandises qu'il faut faire viser à la douane.

LOUISE.

Nous quitter, juste dans le moment où l'on désirait causer !

BEAUPLAN, *les observant, à part.*

Ils veulent s'entendre maintenant, se concerter, c'est clair; et faire ensuite la demande (*Haut à Blum qui se dispose à sortir.*) Reste, tu as ces instructions à achever, un travail important!... j'allais sortir, je passerai à la douane, je me charge de tout. (*A lui-même.*) Je toucherais au moment fortuné ! (*Haut.*) Mes enfans, qu'est-ce que je demande? que tout le monde soit heureux, que chacun y mette du sien, et vous êtes sûrs de trouver, (*à sa fille*) toi, un bon père, (*à Blum*) toi, un ami qui sait que tu lui es dévoué.

BLUM.

Jusqu'à la mort, monsieur.

BEAUPLAN, *à part.*

Il m'a compris, je ne les perds pas de vue.

BLUM.

Brave homme!

Blum s'assied ; Beauplan sort, reconduit par sa fille.

~~~~~~

SCÈNE III.

LOUISE, BLUM.

BLUM, *à lui-même.*

Me marier! au fait, tôt ou tard tout le monde en vient là ; mais où trouver une bonne femme comme il m'en faudrait une ?

LOUISE, *revenant du fond.*

Ah ! mon Dieu, il va se mettre à l'ouvrage ; quand j'étais si heureuse et que je pouvais espérer... mais non, tous les jours c'est la même chose, il ne fait pas attention à moi... c'est pourtant terrible d'aimer toute seule, de rester fidèle à quelqu'un qui ne s'en doute pas, qui ne vous en sait pas gré. Ah! il y a des momens où je n'ai plus d'espoir.
~~~~~~

BLUM, *se retournant.*

Ah! vous êtes restée, mademoiselle!

LOUISE.

Oui, monsieur Blum, j'avais tant de choses à vous dire; maintenant que vous voilà l'associé de mon père!

BLUM.

Bien obligé, mais j'ai là un travail très-pressé.

LOUISE.

Vous avez à travailler? ce n'est pas à cause de ce qui s'est passé hier, vous n'êtes plus fâché?

BLUM.

Du tout!

LOUISE.

Bien sûr? répétez-le encore.

BLUM.

Certainement! (*A part.*) Elle est tourmentante!

LOUISE.

C'est que vous me dites cela d'un ton!

BLUM.

Il me semble que je n'y mets pas de colère?

LOUISE.

Mais cela ne me suffit pas; quand quelqu'un se reproche une faute, qu'il s'en repent, c'est d'un bon cœur de lui faire oublier la peine qu'il en a, de le consoler...

BLUM.

Allons, c'est moi qui finirai par être dans mon tort!

LOUISE.

Non, mais si vous saviez aussi ce que j'ai souffert, monsieur Blum: il est si cruel d'être refusée!

BLUM.

Les demoiselles ne demandent jamais aux garçons.

LOUISE.

Et pourquoi cela? il faut donc garder au fond du cœur tout ce qu'on éprouve, attendre toujours?

BLUM.

Si vous avez des caprices, si vous demandez l'impossible...

LOUISE.

Il ne me comprend pas!... Tenez, je voudrais être garçon! un garçon invite à danser, et les demoiselles ne refusent jamais; il dit tout haut ce qui lui plaît, et quelqu'un souvent qui ne pensait à rien... par exemple, si, comme papa le disait, vous vouliez vous marier, eh bien! vous feriez votre cour, n'est-ce pas?

BLUM, *à lui-même.*

Elle est curieuse!

LOUISE.

Comment voudriez-vous que fût votre femme, monsieur Blum?

BLUM, *de même.*

Par exemple! c'est d'une indiscrétion! Mais qu'est-ce qu'elle veut? qu'est-ce que je lui ai fait?

LOUISE.

Vous ne m'écoutez pas! je vous dérange? Il faut m'avertir, je ne dirai plus rien.

BLUM.

Dieu soit béni! elle va s'en aller. (*Louise s'assied de l'autre côté.*) Non! la voilà par ici, maintenant!

LOUISE.

Je vais m'établir là avec mon ouvrage; je ne ferai pas de bruit et je travaillerai à côté de vous.

BLUM.

Et tous les jours c'est la même chose! je ne peux pas jouir d'un moment de tranquillité.

LOUISE.

Avancez-vous?

BLUM.

C'est une persécution!

Il brise sa plume.

LOUISE.

Est-ce que cela ne va pas comme vous le voulez? C'est bien difficile?

BLUM, *haut.*

Non... 478 et 9,487...

LOUISE.

Dites-donc, monsieur Blum!... oh! mais c'est ennuyeux! vous ne me dites rien! est-ce que ce n'est pas fini?... vous travaillez trop, vous vous ferez mal!

BLUM.

Hein! quoi?... là! encore une addition manquée!

LOUISE.

Eh bien, tant mieux! c'est bien fait! vous n'êtes pas du tout aimable aujourd'hui!

BLUM.

Mademoiselle, je vous l'ai dit, il s'agit d'un travail que votre père attend!

LOUISE.

Et, si vous n'êtes pas disposé, maintenant que vous voilà votre maître; c'est à votre tour à prendre du repos et de commander aux autres: travailler du matin au soir! ne faire que cela! pas un instant de distraction! mais c'est pour vous rendre malade! pour vous tuer! et je ne le veux pas! non! je ne veux pas que vous travailliez plus long-temps!

BLUM.

Bon! un autre caprice!

LOUISE.

Laissez là vos papiers!

BLUM, *se levant.*

Ne touchez pas à cela! (*Elle bouleverse tous les papiers qui tombent à terre.*) Là! tous mes papiers sens dessus dessous! c'est un démon! je serai une heure à m'y reconnaître! et votre père, quand il reviendra... c'est sur moi que tout va retomber!

LOUISE, *passant de l'autre côté de la table.*

Ah! mon Dieu! sur vous! c'est vrai! je vais vous aider, monsieur Blum! mais ne vous fâchez pas!

BLUM.

Il n'y a pas de quoi!

LOUISE.

Vous allez m'en vouloir?

BLUM.

Non !

LOUISE.

Si fait !

BLUM.

Du tout !

LOUISE.

Je le vois dans vos yeux !

BLUM.

Mais non ! cent fois non !

LOUISE.

Prouvez-le alors ; faisons la paix, comme autrefois !

BLUM, *le dos tourné, occupé à ranger les papiers.*

Oui, comme autrefois ; vous y tenez beaucoup !

LOUISE.

Je vous en prie !

Elle lui tend la main.

BLUM, *s'asseyant avec humeur.*

Comme autrefois ! singulière idée ! au fait, ce n'est pas de sa faute ; on ne peut pas refaire son caractère.

Il lui tend la joue de côté, sans la regarder.

LOUISE, *s'apercevant de son mouvement.*

Ah ! mon Dieu ! qu'est-ce qu'il fait donc ? est-ce qu'il voudrait ?...

BLUM.

Allons, dépêchons-nous ! vous voyez que j'ai tous ces papiers à remettre en ordre.

LOUISE.

Mais c'est que, monsieur Blum...

BLUM.

Elle va faire des façons, maintenant !

LOUISE.

Non, mais...

BLUM.

Finirez-vous !

LOUISE.

C'est terrible !

BLUM.

Quand on aurait la patience d'un saint !...

LOUISE.

Eh bien, non, me voilà !

BLUM, *pendant qu'elle l'embrasse, à part.*

Elle est insupportable !

SCENE IV.

LES MÊMES, BEAUPLAN, *entrant par le fond*, UN DOMESTIQUE *le suit.*

BEAUPLAN, *les apercevant.*

Ciel !

LOUISE.

Mon père !

Louise s'éloigne vers la gauche ; Blum, qui n'a pas vu entrer Beauplan, continue de ranger les papiers.

BEAUPLAN, *à part.*

J'espère qu'à présent ils ne pourront plus le nier. (*Au domestique qui le suit.*) C'est bien ! que l'on porte ses malles, ses effets à bord... et dites au capitaine qu'il vienne me parler à l'instant. (*Le domestique sort. A sa fille *.*) C'est le commis que j'attendais et qui arrive en poste.... le baron de Thorcy ! car c'est bien un baron décidé à courir le monde, les aventures... et juge de mon étonnement ! c'est un jeune homme ! vingt-deux ans ! la physionomie ouverte ! des gants d'un blanc mat... c'est moi, à son âge ! il est charmant !

LOUISE.

Ce n'est donc pas l'oncle de Mᵐᵉ Simiane ?

BEAUPLAN, *s'approchant du bureau de Blum.*

Si fait ! un second mariage que son père avait contracté très-tard ; il te contera cela, car il va venir quand il aura réparé le désordre de sa toilette. (*Jetant les yeux sur les papiers de Blum.*) Il n'a rien écrit ! ils n'ont fait que causer. (*A Blum.*) Eh bien, me voici !

BLUM.

Ah ! vous revenez de la douane ?

BEAUPLAN, *lui remettant l'état.*

Oui, et toi... pendant ce temps-là... hein ?...

BLUM.

Un peu de patience !... il faut donner le temps.

BEAUPLAN, *à lui-même.*

Comment, le temps ! c'est donc Louise qui se sera chargée... (*A Louise.*) Eh bien ?

LOUISE.

Quoi ?

BEAUPLAN.

Tu as quelque chose à me dire, sans doute ?

LOUISE.

Moi ? rien !

BEAUPLAN, *à part.*

Qu'ai-je entendu ? après ce dont je viens d'être témoin ! c'est ce Blum qui lui inspire ces idées de cachotterie... mais qu'est-ce qu'il attend ? La patience m'échappera !

BLUM, *parcourant le papier que Beauplan lui a remis.*

Là ! vous dites que vous avez été à la douane, et le visa n'y est pas !

BEAUPLAN.

Morbleu ! eh bien, non ! je n'y ai pas été, je ne suis pas sorti de la maison !

LOUISE.

Ah ! mon Dieu ! mon père !

BEAUPLAN.

Ceci ne te regarde pas ; laisse-nous.

LOUISE.

Tu parais mécontent !

BEAUPLAN.

Et j'ai lieu de l'être. Quand on ne tient compte ni de l'inquiétude, ni des chagrins... que l'on me voit là hors de moi, je me comprends et sais ce qui me reste à faire. Retire-toi ! cet étranger va venir... ta toilette n'est pas achevée...

* Louise, Beauplan, Blum.

LOUISE.

Oui, mon père ! (*A part.*) Que veut-il lui dire ? que va-t-il se passer ? malgré moi, je suis toute tremblante !

BEAUPLAN.

Allons !

LOUISE.

Je m'en vais !

Elle rentre chez elle à gauche.

SCENE V.

BEAUPLAN, BLUM.

BLUM, *quittant la table.*

Vous m'effrayez, monsieur ! serait-il arrivé un malheur ?

BEAUPLAN.

Oui, un grand malheur ! Découvrir tout-à-coup que la confiance n'existe pas, que l'on vous fait un mystère...

BLUM.

Monsieur, je vous proteste que pas un ordre n'a été donné dans la maison...

BEAUPLAN.

Il ne s'agit pas de cela. (*Se reprenant, à part.*) Je m'emporte ! après tout, c'est l'effet d'une timidité, d'une modestie exagérées. (*Haut.*) Blum ! je ne t'en veux pas ! mais il est temps de mettre tout mystère de côté.

BLUM.

Mon Dieu ! monsieur, c'est tout ce que je demande.

BEAUPLAN.

Eh bien ! puisqu'il faut absolument que ce soit moi-même qui fasse le premier pas, enfant que tu es ! je te dirai franchement que, sous le rapport des manières, de l'élégance, certainement j'aurais pu prétendre à un parti plus brillant.

BLUM, *a part.*

Il est encore question d'un mari pour sa fille.

BEAUPLAN.

Mais enfin, puisqu'il y a inclination des deux côtés, je ne veux pas m'opposer à une union d'où dépend votre bonheur, et je suis prêt à tout.

BLUM.

Hein ?

BEAUPLAN.

Je te dis que j'y consens.

BLUM.

A quoi ?

BEAUPLAN.

A votre mariage.

LOUISE, *entr'ouvrant la porte, à elle-même.*

Qu'ai-je entendu ?

BLUM, *tout saisi.*

Comment ? c'est à moi ! Ah ! monsieur...

BLUM, *l'interrompant.*

Allons ! c'est bien !

BLUM.

Qui pouvait s'attendre aussi à tant de bontés ! Il

n'y a qu'un instant, vous me faites votre associé ; et maintenant...

BEAUPLAN.

Remets-toi ; réponds-moi avec calme.

BLUM.

Du calme ! cela vous est aisé à dire : au moment où vous me faites une proposition...

BEAUPLAN.

Que tu acceptes ?

BLUM.

Permettez ! Il me semble que je vous ai fait entendre qu'il existait malheureusement entre Mlle Louise et moi une opposition d'humeur, de caractère...

BEAUPLAN.

Ce sont souvent les meilleurs mariages. Si vous vous convenez, si vous vous aimez...

BLUM, *avec impatience.*

Nous aimer ! mais elle ne m'aime pas !

LOUISE, *toujours de même.*

Que dit-il ?

BEAUPLAN.

Elle ne t'aime pas !

BLUM.

Du tout ! je vous l'ai dit ce matin ; vous n'avez donc pas compris ?

BEAUPLAN.

Qu'est-ce que cela signifie ? Comment ! vous ne vous êtes pas entendus, là, tout-à-l'heure ?

BLUM.

Au contraire, elle m'a fait une scène indigne !

LOUISE, *de même.*

Par exemple !

BEAUPLAN.

Une scène ! et elle t'embrassait ! Il m'a semblé que tu te laissais faire.

BLUM.

Malgré moi, et pour en finir.

LOUISE, *de même.*

Quelle indignité !

BLUM.

Elle venait de m'impatienter, de me faire enrager ; car, elle qui était si douce, si tranquille autrefois, elle est maintenant capricieuse, volontaire, emportée, et c'est sur moi que tout cela retombe, parce qu'elle ne peut pas me souffrir !

LOUISE, *à part.*

Mon Dieu ! je ne peux pas lui laisser de ces idées-là, pourtant.

Elle fait un pas vers eux.

BLUM, *continuant.*

Et de mon côté, (*Louise s'arrête et écoute*) par affection pour elle, monsieur, dans l'intérêt de son bonheur, croyez-le, eh bien ! je sens que je ne la rendrais pas heureuse. Ainsi...

BEAUPLAN.

Ainsi, tu refuses !

LOUISE, *à elle-même, avec désespoir.*

Ah ! tout est fini !

BLUM, *à Beauplan.*

Je vous demande pardon de vous dire ces choses-là, mais vous m'y forcez.

BEAUPLAN.

Je ne t'en veux pas! tu as fait ton devoir. C'est moi, ma maudite précipitation; j'avais cru entrevoir sur des indices qui, j'en suis sûr maintenant, n'avaient aucune consistance. Enfin, n'en parlons plus, je n'ai pas besoin de te demander le secret?

BLUM.

Dieu! monsieur, c'est sacré!

BEAUPLAN.

Devant ma fille, surtout! qu'elle ne puisse deviner... Silence! la voici!

SCENE VI.

Les Mêmes, LOUISE.

LOUISE, *à elle-même.*

Refusée! quand c'est pour lui que je ne voulais pas me marier! que je rendais mon père malheureux! Ah! j'étais bien coupable! mais mon parti est pris. (*A son père.*) Eh bien! cette grande colère?

BEAUPLAN.

Ce n'était rien, un malentendu; nous sommes parfaitement d'accord.

LOUISE.

Que c'est heureux! En effet, il y a de ces erreurs dont on croit ne pouvoir jamais revenir; et souvent il suffit d'une réflexion. C'est comme moi.

BEAUPLAN.

Comme toi!

LOUISE.

Oui; tout-à-l'heure je me suis consultée, et j'ai compris combien j'étais injuste, déraisonnable, de m'opposer aux projets que tu as formés! Mon bon père! ah! c'est par toi que je suis aimée, par toi seul, je le sens, et je ne veux plus avoir de pensée que pour ton bonheur Dispose de moi; je souscris à tout. Je me marierai quand tu voudras.

BEAUPLAN, *avec joie.*

O ciel!

BLUM, *à lui-même.*

Quel changement!

BEAUPLAN.

Ma fille! ma chère Louise! Il y a si long-temps que j'attendais cette marque de confiance! Qui est plus intéressé que moi à ce que tu sois heureuse! Aussi, ne crains rien: je ferai un bon usage du pouvoir que tu me donnes... je ne me presserai pas! j'y mettrai le temps!

LE DOMESTIQUE, *entrant.*

M. le baron de Thorcy est au salon.

BEAUPLAN.

Eh bien! conduisez-le ici! (*Le domestique sort. A Louise.*) Je veux te choisir le plus gentil petit mari! Ce ne sont pas les partis qui manqueront! Il n'y a pas un jeune homme qui ne s'empresse... demande à Blum... (*Bas à Blum.*) Dis-lui donc un mot aimable... qu'elle ne puisse soupçonner...

BLUM, *avec embarras.*

Certainement, mademoiselle... qui ne serait heureux, fier de mériter votre main... (*A part.*) L'épouser, c'est une singulière idée que son père avait eue là!

Il retourne à une table.

LOUISE, *à elle-même.*

Il ne me manquait plus que sa pitié!

BEAUPLAN, *au fond.*

Mais voici l'oncle de Mme Simiane... notre jeune voyageur... Arrivez donc, mon cher monsieur!

SCENE VII.

LOUISE, THORCY, BEAUPLAN, BLUM.

THORCY, *à Beauplan.*

Mon Dieu! je suis encore confus de l'étonnement que je vous ai causé. Mais ma respectable nièce n'en fait jamais d'autres .. Elle a la mauvaise habitude de ne pas prévenir les gens... Et quand j'arrive, ce sont des surprises, des saisissemens...

BEAUPLAN.

Qui sont tout à votre avantage. Permettez que je vous présente à ma fille.

THORCY.

Tant de bonté!... Moi, qui tout-à-l'heure encore étais un étranger pour vous... (*L'apercevant.*) Ah! mon Dieu!

LOUISE, *le reconnaissant.*

M. Alfred!...

BEAUPLAN.

Hein! tu connaissais...

BLUM, *à lui-même.*

Ah! elle connaissait!...

LOUISE.

J'ai vu plusieurs fois monsieur aux bals de Mme Simiane; mais j'ignorais son nom de famille.

THORCY.

Moi de même; combien je me félicite...(*A Beauplan.*) Voyez! quelle heureuse rencontre!... Se retrouver ainsi à deux cents lieues de distance!

LOUISE.

Et pour se quitter le moment d'après!

THORCY.

C'est votre père qui l'exige; les affaires avant tout! et celle qu'il veut bien me confier est d'une importance...

BEAUPLAN.

Qui ne souffre pas de retard: un comptoir depuis dix-huit mois sans chef, sans correspondans...

THORCY.

Il n'y a pas un instant à perdre!

BEAUPLAN.

Ah çà! franchement, vous êtes donc décidé?

THORCY.

En doutez-vous?

BEAUPLAN.

Non! Mais à votre âge, avec le rang que vous occupez dans le monde, cette résolution...

THORCY.

Est indispensable, monsieur, et vous-même l'approuverez quand vous saurez quel motif impérieux... je vous conterai tout.

LOUISE, *à Thorcy.*

A la bonne heure! Mais au moins vous pouviez venir plus tôt!... nous donner quelques jours... on s'amuse beaucoup à Marseille... Et M. Alfred est un danseur si complaisant, si attentif auprès des demoiselles!

BLUM, *s'approchant, à part.*

C'est un reproche indirect.

LOUISE, *continuant.*

Il y a tant de jeunes gens aujourd'hui qui dédaignent de s'occuper d'elles.

THORCY.

Ce sont de grands maladroits!

BLUM, *à part.*

Le fat!

THORCY, *à Louise.*

Mais vous ne devez pas avoir grand' peine à les convertir...

LOUISE, *avec intention.*

Si fait! Il y en a sur lesquels je n'ai pas la moindre puissance!...

THORCY.

C'est ce que personne ne croira!

BEAUPLAN, *à Blum.*

Il tourne très-bien un compliment.

BLUM, *à lui-même.*

Je ne vois rien là de bien extraordinaire.

BEAUPLAN, *à Thorcy et à sa fille.*

Ainsi la connaissance était faite?

BLUM, *bas à Beauplan.*

Comme il la regarde, monsieur Beauplan!

BEAUPLAN.

C'est vrai! (*A Thorcy.*) Ma fille était remarquée?

THORCY.

Ah! monsieur! que n'avez-vous été témoin de ses succès! Fêtée, entourée d'une foule de cavaliers qui s'empressaient de réclamer la faveur d'une contredanse ou d'un galop...

LOUISE, *à elle-même, observant Blum.*

Il a l'air inquiet?

BLUM, *bas à Beauplan.*

Comme il s'enflamme, monsieur!

BEAUPLAN.

Je le vois bien! (*A Thorcy.*) Et vous étiez du nombre?

THORCY.

J'aurais été le seul qui n'eût pas rendu justice à tant de qualités réunies... ce mélange heureux de grâce et de modestie... (*Bas à Beauplan*) et jusqu'à cette petite vivacité méridionale...

BEAUPLAN, *à Blum.*

Ce jeune homme me plaît extrêmement!

BLUM, *à part.*

Il ne me revient pas du tout!

LOUISE, *à Thorcy.*

Toujours complimenteur! Vous savez bien que ce n'est pas le moyen de me plaire.

THORCY.

Que vous êtes bonne de me le rappeler!

BLUM, *à part.*

Encore!

BEAUPLAN, *à lui-même.*

Il est très-empressé auprès d'elle!... Mais ce départ auquel il paraît tenir beaucoup... Que diable va-t-il faire aux grandes Indes!

SCÈNE VIII.

LES MÊMES, LE DOMESTIQUE.

LE DOMESTIQUE.

Le capitaine est arrivé. Il attend monsieur aux magasins.

BEAUPLAN.

C'est bien! (*Le domestique sort. A Thorcy.*) Nous allons le rejoindre. Mille pardons de disposer ainsi de vous.

THORCY.

Comment, monsieur!... Je ne m'appartiens plus. Ce n'est pas un baron que vous avez devant vous; c'est un simple employé... un modeste travailleur...

BEAUPLAN.

Il est très-amusant! (*A sa fille.*) Fais préparer la gondole... Je reviendrai te prendre, et nous conduirons M. de Thorcy à bord.

THORCY.

Je ne souffrirai pas!...

BEAUPLAN.

C'est une promenade! Elle les aime beaucoup. (*A Blum.*) N'oublie pas la douane. (*Allant à la table*.*) Tu as les états? Oui!... rien n'y manque.

THORCY, *à lui-même.*

Une famille charmante! La fille me semble encore plus jolie qu'à Paris... et sans l'état de fortune où je me trouve... Ma foi! quand je ne l'ai plus revue, j'étais bien près d'en devenir amoureux.

BEAUPLAN, *à Blum.*

Eh bien, tu n'es pas à ce que je dis?

BLUM.

Si fait! (*A part.*) Il y a quelque chose, c'est sûr.

THORCY, *qui a entendu les derniers mots.*

Hein!

BEAUPLAN, *se retournant.*

Quoi?

BLUM, *au milieu d'eux.*

Rien!

BEAUPLAN, *à Thorcy.*

Venez-vous?

THORCY.

Me voici.

Ils sortent.

SCÈNE IX.

LOUISE, *assise*; BLUM, *prenant des papiers sur son bureau.*

BLUM, *à lui-même.*

Il en est amoureux! et le père qui ne s'en doute

Louise, Thorcy, Blum, Beauplan.

pas, et Mlle Louise qui lui fait amitié ; après tout, il s'éloigne, mais avant, il va revenir. . Eh! que m'importe, ce ne sont pas mes affaires, nou ; allons à la douane.

Il prend son chapeau et sort.

SCENE X.

LOUISE, *seule, le suivant des yeux.*

Plus de doute, il est jaloux!... c'est indigne, jaloux! et pourquoi? lui qui m'a refusée, qui ne m'aime pas! Ah! s'il pouvait m'aimer! oui, il l'a dit, ce sont mes défauts qui l'éloignent de moi... eh bien, je me corrigerai, je me contiendrai, je serai douce, bonne, je ne le tourmenterai plus! il m'aimera alors, et moi je ne l'aimerai plus, j'en épouserai un autre; il aura du chagrin, et je serai bien contente. (*Se retournant.*) C'est lui! déjà! commençons.

SCENE XI.

LOUISE, BLUM.

BLUM, *avec embarras.*

Avant de sortir, je me suis rappelé que j'avais quelque chose à vous dire, mademoiselle Louise.

LOUISE.

A moi, monsieur Blum?

BLUM.

Oui, ce jeune homme qui vient d'arriver, vous l'aviez vu souvent à Paris, n'est-ce pas?

LOUISE.

Non, trois fois, pas davantage.

BLUM.

Ah! j'aurais cru que vous le connaissiez beaucoup?

LOUISE.

Vous trouvez que j'ai été trop familière avec lui?

BLUM.

Je ne me permettrais pas une pareille observation.

LOUISE, *avec douceur.*

Et pourquoi? en qui dois-je avoir confiance après mon père, si ce n'est en vous, l'ami de la famille, qui m'avez connue si jeune?

BLUM.

C'est vrai. (*A part.*) C'est étonnant, ce n'est plus la même personne.

LOUISE.

Je sens bien que j'ai des défauts; je suis légère souvent, capricieuse, emportée...

BLUM.

Je ne vous ai jamais dit...

LOUISE.

A moi? non, vous êtes si poli; mais je ne me fais pas illusion, et j'ai résolu de ne plus l'être.

BLUM.

Ah!

LOUISE.

Maintenant que mon père va disposer de ma main, il y a des personnes qui, à cause de mes défauts, seraient capables de la refuser.

BLUM.

Vous pourriez croire...

LOUISE.

Il y en a, j'en suis sûre, et si c'était quelqu'un de qui auraient dépendu mon repos, mon bonheur, que, malgré moi, peut-être j'aurais aimé...

BLUM.

Vous!

LOUISE.

Je dis cela, c'est une supposition. Écoutez donc, monsieur Blum, les jeunes filles s'attachent comme les autres, et quand on est seule, qu'on n'a pas connu sa mère, qu'on n'a ni sœur ni amie à qui se confier, personne qui vous éclaire, qui vous guide, on peut s'attacher à quelqu'un qui ne s'en douterait pas, par qui l'on serait dédaignée. Que faire alors? on ne peut rien dire ; il faut souffrir en silence, dévorer ses larmes, sa honte...

BLUM.

Que dites-vous?

LOUISE.

C'est toujours une supposition que je fais. Mon Dieu, je suis bien tranquille, je n'ai pas de chagrin; mais pour l'avenir, il était sage de tout prévoir, et c'est afin d'éviter un si grand malheur que j'ai résolu de me corriger.

BLUM, *à part.*

Ah! mon Dieu! est-ce à moi que cela s'adresse? je ne sais ce que j'éprouve.

LOUISE, *à part.*

Il paraît troublé.

BLUM *de même.*

Aussi j'ai été brutal; certainement j'ai bien fait de refuser pour elle-même; c'était mon devoir, mais qui pouvait s'attendre... j'aurais pu y mettre les formes.

LOUISE.

Qu'avez-vous donc, monsieur Blum?

BLUM.

Moi, rien!

LOUISE.

Vous craignez que ma résolution ne soit pas sérieuse; vous n'avez pas de confiance, je vous ai tant tourmenté, je vous ai rendu si malheureux!

BLUM.

C'est vrai; je me disais souvent : Pourquoi Mlle Louise est-elle ainsi ?... elle qui était si gentille... je cherchais...

LOUISE.

Et vous ne trouviez pas?

BLUM.

Non.

LOUISE.

Il y avait une raison, mais elle n'existe plus.

BLUM.

Ah! tant mieux! Et vous serez toujours ainsi ?

LOUISE.

Sans doute, si vous voulez m'aider de vos conseils, comme autrefois.

BLUM.

Quand nous allions nous promener?

LOUISE.

Le soir, au bord de la mer.

BLUM.

Vous me disiez tous vos petits secrets.

LOUISE.

Je vous les dirai encore.

BLUM.

Vous ne m'appeliez pas M. Blum, vous me donniez un autre nom.

LOUISE.

Un autre nom!

BLUM.

Oui, vous l'avez oublié.

LOUISE.

Peut-être!

BLUM.

Ce temps-là ne peut pas revenir.

LOUISE.

Pourquoi?

BLUM.

Non, ce ne sera plus la même chose.

LOUISE, *d'un ton câlin.*

Mon bon ami!

BLUM, *avec joie.*

Comme autrefois! et il y a plus de tendresse encore dans vos yeux, dans le son de votre voix! Eh bien, oui, tout-à-l'heure encore, j'étais triste, malheureux, je redoutais votre présence, et maintenant...

LOUISE.

Eh bien?

BEAUPLAN, *en dehors.*

Attendez! je vais l'envoyer!

BLUM.

Votre père!

LOUISE, *à elle-même.*

Être dérangés quand il allait s'expliquer; mais ce n'est que différé... je l'espère bien! et s'il se repent, il me semble que je l'aimerai encore plus qu'avant!

SCENE XII.

LES MÊMES, BEAUPLAN*.

BEAUPLAN à *Blum.*

Encore ici!.. le capitaine attend depuis une heure aux bureaux de la douane avec le baron de Thorcy qui a voulu l'accompagner.

BLUM.

J'y cours!

Il prend des papiers sur la table.

BEAUPLAN, *à sa fille.*

Et à propos de cela... tout-à-l'heure, en causant d'affaires, il était d'une distraction... il ne

* Louise, Beauplan, Blum.

faisait que parler de toi... avec un feu... c'est à peine s'il m'écoutait. Sais-tu qu'il n'aurait tenu qu'à moi d'imaginer... eh bien, te voilà comme lui... à quoi songes-tu?

LOUISE, *qui regardait Blum.*

Moi?... à rien.

BEAUPLAN, *à part.*

C'est singulier.

LOUISE, *l'entourant de ses bras*

Mon bon père!...

BEAUPLAN, *à lui-même, l'observant.*

Cette émotion...

LOUISE.

Tu m'as promis de ne pas te presser...

BEAUPLAN.

Sans doute! pourquoi me le rappeler?

LOUISE.

C'est que d'ici à peu de temps...

BEAUPLAN.

D'ici à peu de temps...

LOUISE.

Il se présentera peut-être quelqu'un...

BEAUPLAN, *à part.*

Qu'entends-je? (*Haut.*) Ah!... quelqu'un que tu attendais.

LOUISE.

Depuis bien long-temps.

BEAUPLAN, *à part.*

Plus de doute.

LOUISE.

Jusque là sois discret.

BEAUPLAN.

Dieu!... c'est sacré!...

Elle rentre chez elle en lui faisant signe de se taire.

SCENE XIII.

BEAUPLAN, BLUM.

BEAUPLAN, *à lui-même.*

Quel trait de lumière!... Mais alors que signifie ce voyage? dans quel but?... c'était un prétexte... pour s'introduire... c'est très-ingénieux!...

BLUM, *s'approchant de lui.*

Dites-donc, monsieur Beauplan, il y a du nouveau!

BEAUPLAN.

Tu l'as remarqué?

BLUM.

Depuis un instant son caractère n'est plus le même... elle est gentille, bonne surtout comme quand elle était petite...

BEAUPLAN.

Depuis un instant! (*A lui-même.*) L'arrivée du baron... ce Blum est aujourd'hui d'une pénétration... il s'en est aperçu dès le premier moment.

BLUM, *à part.*

Pourvu qu'il comprenne maintenant que la position n'est plus la même. (*A Beauplan.*) Vous sentez, monsieur Beauplan, que cela change bien des choses.

BEAUPLAN.

Parbleu! c'est assez clair! cela change tout!

BLUM, *à part.*

Brave père... il n'a pas de rancune.

BEAUPLAN.

Mais que faire maintenant

BLUM.

Vous comptez donc vous en mêler?

BEAUPLAN.

C'est indispensable; elle m'a remis le soin de disposer de son sort... il n'y a que moi qui puisse agir!

BLUM.

C'est juste!... au fait, j'aime mieux cela...

BEAUPLAN.

Je lui fais moi-même la proposition...

BLUM.

Très-bien!

BEAUPLAN.

Et si elle fait des difficultés?

BLUM.

Elle n'en fera pas.

BEAUPLAN.

N'importe, il faut tout prévoir; j'exige que le mariage ait lieu sur-le-champ!

BLUM.

Ah! le plus tôt, c'est le mieux!

BEAUPLAN.

C'est ton avis?

BLUM.

En doutez-vous?

BEAUPLAN.

Allons donc!... voilà la première fois que tu sens le besoin d'agir à propos... dire que je touche au but, et que c'est grâce à toi!

BLUM.

Ah! monsieur!

BEAUPLAN.

Je n'ai pas douté un moment de ton zèle, de ton affection! Nous ne nous séparerons jamais, n'est-ce pas?

BLUM.

Nous séparer!

BEAUPLAN.

Nous vivrons tous ensemble.

BLUM.

Heureux pour la vie!

BEAUPLAN.

Blum!... (*Ils s'embrassent.*) On vient!... c'est le baron!... laisse-nous!

BLUM, *à lui-même.*

Il va le congédier; courons hâter son départ! Après ma maladresse de ce matin, qui aurait imaginé que cela tournerait si bien!

Il sort.

SCENE XIV.

BEAUPLAN, *puis* THORCY.

BEAUPLAN, *à part.*

Je tiendrais enfin le héros de l'aventure; je de-

vrais m'amuser un peu à ses dépens!... mais heureusement pour lui, j'ai hâte d'en finir.

THORCY.

Tout est prêt, monsieur; avant de m'embarquer, je venais prendre congé de vous.

BEAUPLAN.

Encore! c'est trop fort. (*Haut.*) Vous mériteriez bien que je vous prisse au mot

THORCY.

Comment!

BEAUPLAN.

Regardez-moi... voyons... ai-je donc l'air si effrayant? Est-il si difficile de m'accorder une confiance entière?

THORCY.

Le croyez-vous? après les bontés que vous avez eues pour moi!

BEAUPLAN.

Eh bien, oui, jeune homme! vous m'avez fait entendre en arrivant qu'un motif particulier vous déterminait à m'offrir vos services... je veux le connaître... au nom de l'intérêt que vous m'inspirez... le moment est décisif... j'exige que vous me disiez tout.

THORCY.

Mon Dieu! monsieur... je n'y mets pas de mystère.

BEAUPLAN.

Il va parler.

THORCY.

Cela tient à la suite de passions fatales dont quelques-unes ne sont guère à ma gloire: l'opéra, les chevaux anglais, la vie de garçon enfin, dont on se lasse bien vite... car, après deux années passées dans ce tourbillon dévorant, quand je me trouvai seul, sans famille, et que je songeai à me marier...

BEAUPLAN.

A vous marier?

THORCY.

Sans doute.

BEAUPLAN.

Touchez là, jeune homme!

THORCY.

Vous m'approuvez?

BEAUPLAN.

Si je vous approuve! une aussi louable résolution dans l'âge de la folie, des plaisirs!

THORCY.

Justement, les plaisirs! pendant ce temps-là, on néglige ses affaires, et deux années, monsieur, avaient suffi pour mettre les miennes dans un désordre effroyable! J'avais tout confondu, tout brouillé! j'avais pris les capitaux pour les revenus, et tout cela s'était évanoui avec une telle rapidité que, sauf quelques milliers de louis que je tiens en portefeuille, il ne me restait plus rien. Faire partager à une femme une position aussi triste, j'en aurais rougi... et d'ailleurs, se présenter sans fortune...

BEAUPLAN.

Ah! sans fortune?...

THORCY.

C'est une mauvaise recommandation auprès des pères de famille qui sont fort exigeans d'ordinaire sur ce chapitre-là; et ils ont raison! Je fus donc forcé d'ajourner mes projets de sagesse jusqu'au jour où j'aurais rétabli mes affaires par mon travail.

BEAUPLAN.

Quoi! c'est là le motif?

THORCY.

Qui m'amène près de vous... je n'en ai pas d'autre.... et croyez que rien ne me coûtera; les entreprises hasardeuses; des voyages au bout du monde; c'était le rêve de toute ma vie! trop heureux si vous parvenez à faire quelque chose d'une tête pleine de belles résolutions pour l'avenir, mais qui jusqu'à présent n'a été bonne à rien.

BEAUPLAN, *à lui-même.*

C'est admirable! c'est superbe! me raconter, à moi, au père... c'est très-bien... (*Haut.*) Jeune homme, une résolution pareille est d'un noble cœur, elle me touche extrêmement. Un nom honorable, une belle ame! Mais vous ne me dites pas tout?

THORCY.

Monsieur...

BEAUPLAN, *l'interrompant.*

Vous ne le pouvez pas, et j'apprécie cette réserve qui est un titre de plus à mon estime.

THORCY, *à part*

Où diable veut-il en venir?

BEAUPLAN.

Mais moi, c'est différent. Dans ma position, père d'une fille charmante, car ce n'est pas parce que je suis son père, il y a une foule de parens qui ont toujours à la bouche l'éloge de leurs enfans... moi, monsieur, je me contente de dire que ma fille est un ange, le modèle de toutes les perfections.

THORCY, *vivement.*

A qui le dites-vous, monsieur?

BEAUPLAN.

Je sais déjà tout ce que vous pensez à cet égard. Eh bien! après le noble aveu que vous m'avez fait, moi, je n'ai qu'un mot à vous répondre, c'est que je ne tiens pas à la fortune, que je n'en fais pas le moindre cas.

THORCY.

Qu'entends-je? (*A part.*) Voilà un père original! (*Haut.*) En vérité, monsieur, j'ose à peine vous comprendre.

BEAUPLAN.

Osez, mon cher!

THORCY.

Mais cela me donnerait presque le droit d'espérer.

BEAUPLAN.

Je l'entends bien ainsi.

THORCY.

Est-il possible! (*A part.*) Je n'en reviens pas! (*Haut.*) Certainement, je vous l'avouerai de toutes

les personnes que j'avais remarquées à Paris, Mlle votre fille...

BEAUPLAN.

Est celle que vous préfériez?

THORCY.

Eh bien! oui, en secret... car, de son côté, jamais rien ne m'a donné lieu de penser...

BEAUPLAN.

Des réticences...

THORCY.

Sur l'honneur, monsieur, je vous répète que je n'ai aucune raison de croire qu'une démarche de ma part eût été accueillie par elle.

BEAUPLAN.

Si vous gardiez le silence...

THORCY.

Que dites-vous?

BEAUPLAN.

Il me semble que la seule manière de savoir si l'on vous aime, c'est de le demander.

THORCY.

Grand Dieu! mais c'est impossible.

BEAUPLAN.

Impossible! (*baissant la voix*) mais vous étiez attendu, mon cher.

THORCY, *stupéfait.*

Attendu!

BEAUPLAN.

Depuis long-temps.

THORCY.

Moi!

BEAUPLAN.

Vous! ma fille en est convenue ici, il n'y a qu'un instant.

THORCY, *avec transport.*

Ah! monsieur, mon cœur n'a que trop de penchant pour une si douce illusion, et quelle que soit la fin de tout ceci, je ne réfléchis plus, je m'abandonne à vous.

BEAUPLAN.

Enfin! mais ne perdons pas un instant... je vais vous présenter, car si ma fille se doute de notre conversation, elle doit être dans des transes, dans une agitation... (*Louise sort de chez elle.*) Tenez, quand je le disais, elle était aux écoutes, elle n'y a pas tenu.

THORCY.

C'est incompréhensible! c'est incroyable! mais je finirai par le croire.

SCÈNE XV.

LES MÊMES, LOUISE.

LOUISE, *à elle-même.*

Je ne l'ai pas revu, il ne revient pas... me serais-je trompée tout-à-l'heure? est-ce que cela va être encore comme autrefois?

BEAUPLAN, *à Thorcy.*

Je vais lui faire la proposition, vous allez voir comme elle sera reçue! (*A Louise.*) Approche, ma chère; il était question de toi, de ce parti que tu attends..

LOUISE.

Ah! ce parti! (*Regardant la porte.*) Il est bien long à venir!

BEAUPLAN, *à Thorcy.*

Quelle impatience! (*A sa fille.*) Il est arrivé, il s'est déclaré.

LOUISE.

Vraiment?

BEAUPLAN, *à Thorcy.*

Voyez-vous! la joie! (*Haut.*) Oui, ma chère, voici M. de Thorcy...

LOUISE, *étonnée.*

M. de Thorcy!

BEAUPLAN.

A qui je n'ai rien demandé, Dieu m'en est témoin, mais enfin il m'a fait la demande de ta main.

LOUISE, *à part.*

Ah! mon Dieu! quel contre-temps! et mon père s'est imaginé...

THORCY, *bas à Beauplan.*

Il me semble qu'elle hésite.

BEAUPLAN.

L'embarras naturel d'une jeune fille... allons, du courage!

THORCY.

Ah! mademoiselle, une démarche si précipitée serait sans excuse sans les encouragemens, sans l'appui que votre père veut bien me donner. Je sais que rien encore ne m'a fait mériter tant de bienveillance... laissez-moi espérer seulement qu'un jour, à force de soins, de tendresse...

BEAUPLAN.

Comment, un jour! c'est à l'instant même.

LOUISE.

A l'instant! et il n'est pas là! il ne vient pas à mon secours!

THORCY.

Monsieur...

BEAUPLAN.

Oh! j'ai attendu assez long-temps, je n'ai plus de patience, j'entends faire usage de l'autorité absolue qu'elle m'a donnée, quand il s'agit de son bonheur, du mien, de celui de tout le monde.

LOUISE.

Mon père!

BEAUPLAN, *sans l'écouter.*

Oui, mon enfant, après tant de secousses, d'agitation, cela m'était bien dû! Dans ma joie, je veux annoncer cette bonne nouvelle à toute la maison! (*A Thorcy.*) Ah! mon Dieu! vous ne pouvez plus partir maintenant! il faut pourvoir à votre remplacement : un commis de nos bureaux. Je vais m'entendre avec Blum pour cela! (*A sa fille.*) Allons, te voilà bien contente!

LOUISE.

Je voudrais te parler...

BEAUPLAN, *l'interrompant toujours.*

C'est bien! tout-à-l'heure! nous avons le temps! Quand je te disais que je découvrirais le mari selon ton goût! tu en doutais! Est-ce que rien

échappe à la tendresse d'un père? (*A Thorcy.*) Soyez aimable, faites votre cour, je reviens.

Il sort.

SCENE XVI.

LOUISE, THORCY.

LOUISE, *à part.*

Impossible de lui faire comprendre... et ce Blum qui ne dit rien! Il mériterait bien que je me laissasse marier! oui; mais je serais plus malheureuse que lui! que faire? (*Thorcy approche.*) Ah! ce jeune homme, si j'osais... ses espérances sont venues si vite, il ne peut pas y tenir beaucoup!

THORCY, *revenant près d'elle.*

En vérité, c'est un rêve! quelle existence charmante! moi, qui me croyais seul au monde, trouver tout-à-coup une famille, un bon père!

LOUISE.

Allons! le voilà déjà enchanté!

THORCY.

Une compagne!!..

LOUISE.

Pardon, monsieur.

THORCY.

Que dites-vous? vous ne paraissez pas partager ma joie?

LOUISE.

C'est ce que je ne sais comment vous expliquer!

THORCY.

Au point où nous en sommes!

LOUISE.

C'est à cause de cela! après ce qui vient de se passer, vous n'y comprendrez rien; mais je suis si malheureuse, que vous aurez pitié de moi; vous viendrez à mon aide?

THORCY.

Grand Dieu! disposez de moi, de ma vie entière!

LOUISE.

Oh! oui, j'étais bien sûre, à Paris, vous aviez l'air si bon! Eh bien! puisqu'il faut tout vous dire...

THORCY.

Eh! sans doute, à son mari!

LOUISE.

Justement, c'est que je ne puis pas vous épouser!

THORCY.

O ciel! quand votre père...

LOUISE.

Oui, mon père; mais moi... Il est quelqu'un, ce jeune homme de tantôt...

THORCY.

M. Blum?

LOUISE, *continuant.*

Près de qui j'ai été élevée, que je n'ai pas quitté depuis mon enfance, et qui m'aime! Oh! oui, tout-à-l'heure j'ai vu son trouble, ses regards! si j'en épousais un autre, il serait malheureux toute sa vie, et par humanité, vous voyez bien que je ne puis pas être votre femme.

THORCY.

Permettez! on n'abandonne pas ainsi un avenir de bonheur, auquel je dois d'autant plus tenir que c'est votre père qui est venu lui-même me proposer... M. Blum, après tout, prendra son parti!

LOUISE, *le voyant entrer.*

Ah! mon Dieu! c'est lui!

SCENE XVII.

LES MÊMES, BLUM.

BLUM, *à lui-même.*

Ensemble! il est donc vrai! (*Haut.*) Pardon! mademoiselle... madame, je vois que votre père ne m'avait pas trompé : vous allez être heureuse! Je venais vous faire mon compliment et mes adieux.

LOUISE.

Comment! vos adieux, monsieur Blum!

BLUM.

Oui, je pars, dans dix minutes, sur l'Atalante.

LOUISE.

Pour les grandes Indes?

BLUM.

Certainement! parce que vous vous mariez, il ne faut pas que les intérêts de la maison en souffrent. Je viens d'écrire à votre père que je ne pouvais me reposer que sur moi d'une mission si délicate.

LOUISE.

Sur vous?

BLUM.

Là-bas, du moins, je vivrai seul, je ne verrai personne, je serai heureux! Maintenant que j'ai pris part à votre joie, à votre bonheur, adieu, mademoiselle!

LOUISE.

Restez, monsieur Blum! je le veux!

BLUM, *à lui-même.*

Que je reste!

LOUISE, *à Thorcy.*

Eh bien! vous le voyez! il n'a plus sa tête à lui! Je n'ai d'espoir qu'en vous!

BLUM, *à lui-même.*

Et c'est pour entendre cela.

THORCY, *à part.*

Au fait, le pauvre garçon, il l'aime depuis plus long-temps que moi!

LOUISE.

Voulez-vous que je sois malheureuse toute ma vie?

THORCY.

Malheureuse!

LOUISE.

Tandis que si vous consentez à ce que je vous demande, ma reconnaissance, une amitié éternelle.

BLUM, *à part.*

Son amitié!

THORCY.

Ah! ce mot me décide... oui, je la mériterai! (*A lui-même.*) Après tout, j'assure le mariage de deux amoureux, cela me portera peut-être bonheur un jour pour le mien... Votre main, monsieur Blum.

BLUM.

Par exemple!

LOUISE, *à Thorcy.*

Le temps presse!

THORCY.

Je m'éloigne à l'instant... (*A Blum.*) Restez! pas un mot! (*A tous deux.*) Et qu'à mon retour je vous retrouve heureux, je ne veux pas d'autre récompense!

Il sort.

SCENE XVIII.

LOUISE, BLUM.

BLUM.

Qu'est-ce qu'il dit? A son retour...

LOUISE.

Sans doute, il part...

BLUM.

Pour revenir.

LOUISE.

Dans bien long-temps... un voyage aux grandes Indes!

BLUM.

Il va s'embarquer!... quand j'ai écrit à M. Beauplan que c'était moi... (*S'élançant après lui.*) Je ne le souffrirai pas!

LOUISE, *l'arrêtant.*

A l'autre, à présent! voulez-vous bien rester!

BLUM.

Comment voulez-vous que je lui laisse prendre ma place?

LOUISE.

Le grand mal! si vous prenez la sienne...

BLUM.

Que dites-vous?

LOUISE.

Oui, mauvais caractère, sournois, qui ne parlez jamais!... Où en serions-nous, si je n'avais eu de la tête pour deux? car vous vous bornez à vous en aller; vous me laissez dans l'embarras : vous vouliez donc me voir la femme de M. de Thorcy?

BLUM.

Ah! j'en serais mort de chagrin.

LOUISE.

Et pourquoi cela?

BLUM.

Parce que je vous aime, mademoiselle Louise, oui, toujours, je vous ai toujours aimée... malgré moi, sans m'en douter... ah! comment jamais expier mes torts... (*Elle lui tend la main.*) Dieu!

Il tombe à ses genoux.

LOUISE.

Enfin, ce n'est pas sans peine.

BLUM, *se relevant.*

Votre père!

Il se cache derrière elle.

~~~~~~

SCENE XIX.

LES MÊMES, BEAUPLAN.

BEAUPLAN, *à la cantonnade.*

Qu'on donne des ordres! je n'entends pas qu'il parte, a-t-on idée d'un cerveau brûlé comme celui-là?

LOUISE.

Qu'y a-t-il donc?

BEAUPLAN, *sans voir Blum.*

C'est ce Blum qui m'écrit qu'il t'adorait, qu'il s'expatrie!... (*Coup de canon dans le lointain.*) Là!... le voilà en route pour les grandes Indes! Dieu sait quand nous le reverrons... (*L'apercevant.*) Qu'est-ce que je vois!

BLUM.

C'est moi, monsieur Beauplan!

BEAUPLAN.

Près de ma fille... et le baron! (*Cherchant.*) Où est donc mon gendre?

LOUISE.

Il est en pleine mer.

BEAUPLAN.

En pleine mer! (*Montrant Blum.*) Et lui?

LOUISE.

Il reste.

BEAUPLAN.

Il reste!... ah çà! est-ce que...

LOUISE.

Eh! oui.

BEAUPLAN.

C'était donc Blum?

LOUISE.

Sans doute.

BEAUPLAN.

Pourquoi ne pas le dire?

LOUISE.

Est-ce que tu m'en as donné le temps?

BEAUPLAN.

N'importe, on s'explique... ce pauvre baron m'intéresse maintenant... en pleine mer... quand il n'y a qu'un instant... si jamais on me reprend à me mêler de mariage... voilà ce qui arrive!

LOUISE

Est-ce que tu en es fâché?

BEAUPLAN, *allant à Blum.*

Au contraire, je l'aime bien mieux, ce cher et vieil ami... il connaît mes sentimens... (*A Louise.*) Ah çà! cette fois-ci, c'est bien lui?

LOUISE.

Oui, mon père.

BEAUPLAN.

Il n'y aura plus d'erreur?

BLUM.

Non, monsieur.

BEAUPLAN.

Plus de changement?

LOUISE.

Par exemple!

BEAUPLAN.

Pour en être plus sûr, je vous marie dès ce soir...

TOUS DEUX, *avec joie.*

Dieu!

BEAUPLAN.

Oui, nous voilà heureux pour la vie, nous y mettrons tous de la bonne volonté... (*A Blum.*) Tu feras toutes ses fantaisies? (*A Louise.*) Tu ne le contrarieras jamais? (*Mouvement de Louise et de Blum.*) Ah! mes enfans, on ne saurait trop prendre de précautions, on a tant de peine à s'accorder, même quand il n'y a pas d'obstacles... et cela comme aujourd'hui: *Faute de s'entendre.*

FIN.

Imprimerie de Veuve DONDEY-DUPRE, rue Saint-Louis, n° 46, au Marais.
~~~~~~

9 782013 022361